Elles ont surgi d’une vague

Elles ont surgi d'une vague est le deux cent soixante et unième ouvrage publié par les Éditions Bruno Doucey

Éditions Bruno Doucey
Cour d'Alsace-Lorraine
67, rue de Reuilly
75012 Paris
www.editions-brunodoucey.com

ISBN : 978-2-36229-524-9

Murielle Szac

Elles ont surgi d'une vague

Éditions Bruno Doucey

À B.

mon il

pour notre 9 août 2012

Les colonnes d'un temple
tutoient le ciel
un caïque nonchalant
au loin une île-forteresse
soleil levant
          soleil couchant
petits cubes blancs dômes turquoise
et partout
la mer la mer

Clichés pour touristes
cartes postales au romantisme affecté
peu m'importe
je prends mes ciseaux
découpe les images
les colle sur mes cahiers
les recouvre de plastique
ne pas abîmer le rêve qui naît
cette mer cette mer

J'ai onze ans
j'ai douze ans
j'ai treize ans
et déjà ton bleu dans mes veines

Le papier des magazines jaunit vite
Sous les photos un slogan publicitaire
fleure bon les années soixante-dix

La mer a un pays la Grèce

Je sais déjà qu'Aphrodite
a surgi du ventre de la mer
et qu'Ulysse
bravant naufrages et tempêtes
est revenu d'entre les morts
          où il a vu sa mère
je sais qu'un cheval creux peut sauver des vies
          et en briser autant
je sais que sous les racines de l'olivier
poussent nos mots de tous les jours
          vestiges d'amour
je sais déjà que la Grèce
c'est la mer

Je ne sais pas encore
que ce sera aussi ma terre

Au commencement

Au commencement
il n'y avait rien
rien du tout
rien d'autre qu'un trou béant
un vertigineux trou noir
          le Chaos

Et puis
on ne sait ni comment ni pourquoi
elle a surgi du Chaos
ruisselante de lumière
regarde
          on l'appelle Gaïa

Elle s'est dressée
s'est arrachée à la nuit
à ce magma confus
s'est offerte comme plancher du monde
          un espace stable solide rassurant
          un endroit où poser les pieds

Ensuite
Gaïa a fait naître
les montagnes les collines les vallées
elle a creusé les lacs et les grottes

elle a façonné la Terre
notre Terre
et puis s'est endormie

Alors Ouranos est arrivé
il s'est allongé au-dessus d'elle
s'est penché tendrement
a fait ruisseler une petite pluie fertile
la pluie s'est infiltrée
a irrigué les fentes secrètes de Gaïa

Aussitôt l'herbe a surgi
les arbres les fleurs
et toutes les plantes
la petite pluie a rempli les étangs
les rivières les fleuves
et puis les océans

Le savais-tu
au commencement de tout
il y eut
Gaïa
première divinité de l'univers
notre Terre-mère

Le cri d'Antigone

Sanctuaire de son cri

je n'en finis pas de prier
la tendre et inflexible
qui à ses frères
offrit un nid
et déchira en lambeaux
ce qu'elle aimait par-dessus tout
    la vie

à la vie elle offrit son cri
    de démente
le cri de la mendiante
son cri de résistante
non
jamais
ne pas renoncer
    ne pas

sous la pierre
ensevelie
avant que la terre n'étouffe son cri
elle nous a dit
    debout
    restez toujours debout

j’ai promis d’essayer

et du plus loin qu’il me souvienne
je hisse
sa robe blanche maculée de liberté
phare
étendard
voile déployée
          pour mes odyssées

Labyrinthe d'Ariane

À ton poignet
à son poignet
le fil

veilleuse
lourde est la porte que tu gardes

tu ne l'as pas suivi
tu ne t'es pas engouffrée à ses côtés
tu guettes
          comme on espère l'aube au fond du puits
tu attends
de toi seule son salut dépend

Suivre un fil puis un autre
le perdre le retrouver
sans jamais se perdre soi-même
revenir sur ses pas
chercher encore encore
la ligne droite n'existe pas

se tromper heurter le mur
chuter
se relever repartir

toujours avancer
murailles de bronze et de sang
écorcher sa peau
griffer ses mains à la dureté de la pierre
tâter tâtonner errer
émerger du souterrain
au labyrinthe de ta lumière

À son poignet
à ton poignet
        votre fil

Et puis fuir

parce qu'on ne peut plus rester
parce qu'on doit avancer
parce qu'on a choisi
trahi
fini le père
finie la mère
finie ta terre
fuir
parce qu'on doit oublier
le monstre
le frère
la terreur rouge
tapie au creux des nuits de l'enfance

à remonter recompter les heures
pour avoir moins peur
mais non
il est là
        son souffle dans ton cou
        son mufle chaud sur ta nuque
        le raclement de ses cornes sur la pierre
        ses yeux de sang dans les tiens
        cette haleine putride infectée infestée
                        de chair humaine

Tu cries tu hurles
tu restes éveillée dans sa nuit
tu écoutes ses mugissements
tu sais que ses artères sont tes veines
peau contre peau
tu frôles ton visage
maintenant tu halètes
c'est toi qui mugis dans ta tête
c'est toi qui pleures
lui
ses larmes
sont-elles aussi salées que les tiennes ?

Il ne vit pas dans le noir complet
on lui a laissé un minuscule puits de lumière
juste assez pour regretter de ne jamais voir le soleil
juste assez pour imaginer le vol des oiseaux

Tu frissonnes
le chagrin de la bête
tu ne le connais pas
mais sa cage oui
          et votre mère aussi

Partir fuir
déboutonner les ténèbres
s'affranchir des ombres
marcher sur le soleil
          droit sur le soleil
mordre la lumière
passion de sel et de sucre
          qui gerce les lèvres et fond sous la langue

          il y a
la danse des mouettes au-dessus de toi
le pont du bateau qui épouse ton dos
ses mains captives de ta source
et ton odeur de miel et d'origan
noyée par le ressac
mais
si peu de temps   le feu
si peu

sur la crête des vagues se brise ton histoire

Une île
une plage
et personne
plus personne

au loin la voile piteuse de son bateau
chiffon noir de ta colère de ta douleur
                                        de ton mépris aussi

Te voici seule

oursin du chagrin
ça pique ça brûle ça ravage
              entre les éclats de coquilles
              et les esquilles échouées sur le rivage
              tes orteils se noient dans le sable d'or

Il est parti

lâcheté indifférence désamour
              la tempête a tout emporté de lui
ne reste pas un merci
sur la plage abandonnée

juste un fil
un pauvre bout de fil
écheveau embrouillé
détaché de son poignet à lui

breloque inutile restée accrochée au tien

Tu l'arraches d'un coup sec

tu n'as pas encore vu
caché derrière les pins parasols
ce dieu cornu qui te sourit

tu observes un crabe se frayer un chemin
dans le dédale des algues
et des galets vernis
toi aussi
tu souris

Les fileuses de destin

Il y a celle qui tisse le fil
celle qui le déroule
celle qui le coupe

Il y a celle qui choisit le cordon
celle qui décide de sa longueur
celle qui le sectionne

Il y a celle qui donne la vie
celle qui la nourrit
celle qui la reprend

Et si les Moires
en réalité
n'étaient pas aveugles ?

Ce que l'alouette
dit au roseau qui le dit au ruisseau

ricoche
de galet en galet

Une île

Une légère vibration
presque rien
elle s'immobilise
sous ses pieds nus
le sable
          froid
noire est la nuit
elle ne bouge plus
elle guette
souffle court
à l'affût
hantée par la fuite
île flottante
île refuge
est-ce la terre qui vibre ainsi
ou bien son propre corps ?

Elle n'en peut plus
s'affaisse
ferme les paupières
les rouvre
une pulsation plus violente
la douleur la plie en deux
lui arrache un cri
elle se relève titube

elle est seule sur cette île déserte et caillouteuse
la morsure au creux du dos reflue
elle se baisse
cueille un galet
le glisse contre sa joue brûlante
fraîcheur de la pierre aussitôt évaporée
sur ses lèvres sèches et fendillées
un peu de sang se mêle à la rosée
mais déjà le galet
          lave en fusion
ses reins cerceaux de feu

Devant elle
un tronc élancé rugueux
palmier immense
larges feuilles protectrices
il n'y a que lui sur cette île

Elle s'y accroche
          s'y arrime
et commence à pousser
dans la nuit

Les vagues succèdent aux vagues
ses doigts blanchissent
cri de la mouette
son ventre grenade mûre

prête à éclater
déchirure des entrailles
et pourtant rien
        rien ne vient

Huit jours et huit nuits
accrochée à son palmier
elle souffre et délire
des ombres la visitent
des mères des sœurs
des sœurs des mères
la mélopée des femmes
l'encourage la soutient la berce
couvre ses cris
maudit le lâche enfui
        le père absent
        le mâle envolé
        le géniteur sans honneur

Et le chant des femmes appelle la délivrance
le chant des mères le chant des sœurs
le chant des sans-peur
le chant de celles qui ne lâchent rien
le chant pour tenir debout
le chant courage le chant sauvage
le chœur des louves
jusqu'à ce qu'enfin
        la lune paraisse avec l'enfant

Sous les orteils de Léto
un coquillage

L'île a cessé de vibrer
les ombres se sont enfuies
elle reste seule avec le bébé
elle murmure son nom
                    un nom de forêts profondes et de sous-bois
                    un nom de feuilles et d'humus
                    un nom de branches et de racines
Artémis ma fille insoumise
elle baise son front
la caresse doucement
les yeux de l'enfant
dévorent la beauté du monde

La berceuse de soleil

Tu aimes les bébés
c'est comme ça depuis toujours
tu aimes les enfants
tu les prends au sérieux comme des grands
ton visage de petite fille sage
s'éclaire
quand un enfant
        si près de toi
ceux des autres
        le tien maintenant

Tu invites les bébés à jouer
malaxer vider remplir transvaser
toucher tripoter explorer
au royaume de la patouille
tu es reine
au pays des odeurs et des saveurs
tu éveilles leurs sens
et dans tes bras Maria
tu berces le soleil
        pour apprivoiser le ciel

Ici les portes de l'enfance
claquent à tous vents
ici chacun

puise aux racines d'un olivier millénaire
dans le creux d'une source engloutie
à l'abri d'une grotte
au sommet d'une montagne

grandir s'épanouir éclore
sur cette terre souche
          où se mêlent le miel et le sel

ici les chèvres n'ont parfois qu'une seule corne
et l'abondance d'amour ne nuit pas aux bébés

Car dans ces villages sans âge
          chacun sait que l'enfant est le sien

Elle fait la fière

Il s'accroche à sa main
elle la serre fort
leurs paumes sont moites
leurs joues sont rouges
il n'a pas cinq ans
il l'appelle maman

Ils ont marché vite
le plus vite possible
sans se mettre à courir
ne pas attirer l'attention
le sac trop bien nourri
ballotte au bout de son autre main

Chemisier blanc boutonné
jupe impeccablement repassée
l'enfant lui aussi est habillé de blanc
c'est elle qui lui a cousu ce short
dans une grosse pièce de coton
des draps peut-être ou bien des rideaux
elle ne sait plus
lui ce qu'il aime
ce sont les bretelles
avec les deux gros boutons dorés
ne pas crier misère

Dans la ruelle deux vieilles sur leur chaise
fichus noirs noués sous le menton
        kalimera kiries
        kalimera kopeli
elle passe tête haute regard fier
il salue de la main
elle lui a dit de se taire toujours se taire
alors il se tait
mais il reste poli
dans leur dos bruissement des commères
elle fait la fière
tsss tsss mais elle a le feu au derrière
si c'est pas malheureux
ce petit sans père

Il se cramponne à sa main
elle la serre encore plus fort
presse un peu le pas
        juste un peu

Devant eux deux Allemands en uniforme
elle retient sa respiration
leurs jambes ne tremblent pas
leurs mains se collent
non ils ne pourront jamais
le lui arracher

qu'ils essaient seulement
ils trouveront à qui parler

Quand elle a quitté le village
sa sœur a ricané
mais enfin pourquoi
pourquoi tu fais ça
tu ne lui dois rien à ce petit
ce n'est même pas le tien
tu sais que tu risques ta vie
quant à ton honneur

Oui elle le sait
non personne ne l'a obligée
c'est comme ça voilà
elle ne peut pas faire autrement
elle l'aime cet enfant
elle ne l'emmène pas à la synagogue
elle lui a appris le signe de croix
les prières les chants d'église
les nazis s'arrêtent
les observent
elle dit c'est mon garçon
elle sourit
un sourire franc et fier
elle dit encore
lui c'est Yannis

et toi tu t'appelles comment
          demandent les Allemands
moi c'est Athina
on m'appelle aussi Ariadni
les soldats rigolent
les deux noms sont jolis
et toi aussi
Tchüss Grätchen

L'enfant la regarde
c'est vrai qu'elle est jolie
          juste et jolie
il est heureux
les méchants sont partis
sa main soudée à la sienne
rien ne peut lui arriver

Elle le regarde à son tour
cet enfant qu'elle sauve
comme si c'était le sien
cet enfant
elle ne lui lâchera jamais la main

Un enfant ne disparaît pas comme ça

Son berceau est vide
vide

Elle le cherche
crie
appelle au secours

silence
        son bébé s'est volatilisé

Console-toi
tu en feras d'autres
console-toi

Mais elle ne veut pas se consoler
        elle ne veut pas l'oublier

la chair de sa chair
le sang de son sang
ses doigts potelés
son odeur sucrée
son sourire d'ange

Un enfant ne disparaît pas comme ça

Pourtant si
fini
il est parti

Un autre bébé arrive
        ne remplace pas le premier
elle l'aime lui aussi
le cajole le câline
quand soudain
        s'évanouit dans la nuit

Mal de mère
Rhéa pleure gémit se tord de douleur
mon bébé mon bébé
petit lit vide
        la mort rôde sans bruit

Un enfant ne disparaît pas comme ça

Pourtant si
terminé
il s'est envolé

Pas de corps pas de trace
juste un souvenir une image
un fantôme
        peut-être un rêve

Un troisième bébé disparaît
puis un quatrième
mère incapable
mère coupable
mettre au monde la vie tu ne sais pas
                                        tu ne sais plus
                                        tu ne sauras jamais
de tes entrailles
ne naissent que des ombres
de tes seins
ruisselle un lait putride
folie
tu fixes le néant
tu veux t'y engloutir
en finir

Un enfant ne disparaît pas comme ça

Tu l'oublieras
tu les oublieras
ils disent tous ça
ceux qui n'ont jamais perdu d'enfant
ceux qui ne savent pas

Ta souffrance
        hurle à l'intérieur
        écho noyé dans l'océan

Leur silence   leur peur
une mère sans enfant n'est pas une mère
console-toi Rhéa
ça arrive
        relève-toi
                reprends-toi
                        passe à autre chose

Et lui ?
lui aussi il dit
ne sois pas triste
offre m'en un autre
oui ma femme
donne-moi un autre bébé
        j'ai encore faim

Encore faim ?

Le cinquième
il l'arrache de ses bras
l'avale tout rond
elle n'a rien pu faire

Rhéa ne pleure plus
ne gémit plus ne crie plus
maintenant elle sait

Parce qu'un enfant ne disparaît pas comme ça

Du ventre de la mère au ventre du père
de la vie à la mort
trop court
trop tôt

Cronos insatiable
leur sixième enfant
il le veut là tout de suite maintenant
il ne voit pas le bébé caché sous les jupes de Rhéa
il prend la lourde pierre emmaillotée
et l'engloutit

Il s'appelait comment celui-là ?
demande le père
il s'appelle Zeus
répond la mère

Plus tard
bien plus tard
c'est elle qui dira
à l'enfant qu'elle a sauvé
mon fils venge-moi
mon fils prends sa place
et il le fera

Parce qu'un père tyran
          ça peut disparaître comme ça

La haine de Clytemnestre

Je le hais
ma haine plaie suppurante béante
ne cicatrise jamais
ma haine compagne de chaque nuit
        aile de chauve-souris au crépuscule
        rosée glaciale au front de l'aube
        toile d'épeire où chaque heure s'englue
ma haine tapie dans l'ombre
prête à mordre griffer lacérer
ma haine ficelle et barde mon cœur

ne bat plus pour
bat contre

Je l'attends
patiemment
depuis qu'il a sacrifié ma fille
je ronge l'os de ma détestation

Je veux qu'il revienne
danser avec ma haine
s'entortiller dans mes filets
que je le crève
        comme un pourceau

Agamemnon roi des lâches
tu m'as menti
	ô les yeux d'Iphigénie
	quand elle a compris
	ô les mains d'une mère
	ouvertes sur le néant

Que m'importent tes conquêtes tes victoires ta gloire
	viens donc que je te saigne

La robe de sang

Je ne sais si sa main a tremblé

On dit qu'elle a jeté aux orties
sa robe blanche maculée de sang
          son propre sang
          et celui de son violeur

Mariée forcée contre son gré
elle l'a poignardé en plein cœur
sous la porte romaine
rendez-vous galant rendez-vous du sang

Avec le couteau rougi
elle s'est tranché les cheveux
comme ils ont tranché la gorge de sa mère
hier en venant la chercher
          non laissez ma fille
          non je vous en supplie

On n'attendrit pas les pierres
les soldats du pacha n'ont que faire des pleurs
ils règnent
ils occupent
ils dévastent
et leur chef l'a choisie elle

proie facile pensait-il
elle n'a que seize ans

Rodanthi n'a rien oublié des sentiers secrets de son enfance
la montée la nuit à Faneromeni
ses pas étouffés
sa peur mangée d'ombre
le monastère vigie blanche sur son éperon rocheux
chut pas un bruit
ils pourraient nous entendre
les Ottomans ont fermé les écoles
les occupants n'aiment pas les enfants
le cœur de la petite fille tambourine dans sa poitrine
au rythme de son pays opprimé
la lune brille pour elle
elle se faufile passages secrets
là-haut tout là-haut
elle apprend sa langue son histoire sa résistance
elle apprend sa culture ses racines son ciel
tout ce que les Turcs ont interdit
tout ce qu'ils ont pris
là-haut tout là-haut
la petite fille a appris qu'une Crétoise ne se soumet jamais

Maintenant elle regarde le corps du pacha étendu
sa robe souillée de sang
sa vue se brouille un instant
elle a seize ans

elle frissonne
    quand donc finira le temps des assassins ?

Je ne sais où elle a trouvé ses habits d'homme
Rodanthi les enfile silencieusement
et s'enfuit dans la montagne

Bientôt la troupe du Kapetan Kazanis
compte un *palikari* de plus
un combattant de la liberté
un maquisard prêt à en découdre
un vaillant guerrier
toujours à l'attaque toujours devant
un rebelle qui n'interroge pas son courage
mais le porte en bandoulière sans faire d'histoires
plutôt mourir que de laisser mon pays enchaîné

Quand la balle lui a troué la poitrine
on a découvert que Manolis
n'était pas Manolis
elle venait d'avoir dix-sept ans

Sur ses lèvres
le sang des grenades

dans sa bouche
le feu des enfers

Celle qui dit non

Fuir
fuir à toutes jambes
fuir à perdre haleine
non
je ne veux pas
mes cheveux s'emmêlent aux branchages
les épines griffent mes joues
lacèrent mes habits
il se rapproche
courir
fuir
j'entends son souffle rauque
je sens son haleine sur ma nuque
accélère
accélère
j'ai dit non
il s'en moque
cœur en vrac
cœur qui va exploser
tapis de feuilles glissant
je trébuche
il est déjà sur moi
je crie
je hurle
non je ne veux pas

Il avait dit
je t'en supplie Daphné
dis-moi oui
toutes les femmes sont à mes pieds
mais c'est toi que je veux
          toi

J'étais restée silencieuse
immobile
tremblante de peur
lui qui a tous les pouvoirs
moi qui n'en possède aucun
il a cru que j'acceptais
s'est approché a voulu m'embrasser
a saisi mon poignet
me suis affolée prise au piège
me suis débattue
il a serré plus fort
non j'ai hurlé

Surpris Apollon m'a lâchée
j'ai couru dans le bois
          biche traquée
lui à mes trousses
moi aux abois

Maintenant il me tient me tord
ses doigts m'agrippent me fouillent

je hurle encore
non
je sens mes orteils s'enfoncer dans la terre
mes bras s'allongent   branches tendues vers le ciel
mon corps se couvre d'une écorce rugueuse
il s'écorche les doigts à ma peau devenue bois
sa lèvre saigne d'avoir mordu mon feuillage
il n'a plus rien à caresser plus rien à posséder
il a perdu
il est vaincu

Je n'ai plus de tête plus de mains plus de pieds
j'ai ramures souples et fermes
j'ai racines fortes et profondes
j'ai verdures luisantes et odorantes
je suis laurier qui jamais ne sera possédé
        contre son gré
je suis devenue arbre de la résistance

Sous l'herbe sauvage des talus
la belette curieuse

guette
la chrysalide du jour

Dans la foulée d'Atalante

Tu cours tu cours
tu avales la poussière
tu sais que tu vas bientôt le rattraper
le dépasser
et puis l'exécuter
toujours tu finis par les rattraper
et toujours tu les tues

Tu cours
  plus vite que le temps
  plus vite que la mort
elle aussi tu l'as rattrapée
et puis dépassée

Pourtant ton père l'avait choisie pour toi
  aussitôt née
  aussitôt condamnée
tu n'était pas un fils
tu n'étais rien
inutile de te laisser vivre
ma fille

Tu cours tu cours
sans perdre haleine
les branchages te griffent la peau

la sueur te coule dans les yeux
plus très loin de lui
          qui court devant
tu vas le doubler
le massacrer
          à la sauvage

Oui ton père t'a foulée aux pieds
jetée en pâture
aux bêtes de la forêt
          fille que tu étais
mais le fauve c'était lui
la bête   elle
t'a sauvée
douceur de sa fourrure
humidité râpeuse de sa langue
ses griffes en pétales de rose sur ta joue
l'odeur de son lait musqué

Tu cours tu cours
ton souffle régulier   profond
comme le regard muet
entre l'ourse et le centaure
je te confie le bébé
prends-en soin
ce n'étaient pas des humains
          ceux qui t'ont sauvé la vie

Tu cours tu cours
les feuilles mortes craquent sous tes pas
tu te souviens du sous-bois ?
le sanglier fonçait sur toi
les chasseurs tout autour
les chiens aux abois
et toi   la championne   la meilleure
toi qui remportes la victoire
les cris des mâles
l'admiration dans leurs regards
et Iasos qui dit
ton père a bien de la chance d'avoir
une fille comme toi
          alors oui tu l'as cru

Pauvre Atalante
toi qui voulais tellement
un papa

Ce soir-là souviens-toi
vous avez pleuré de joie tous les deux
tu n'as pas vu sous le rideau du saule
les larmes du vieux centaure

Les liens du cœur sont souvent plus forts
que ceux du sang
          mais toi tu ne le savais pas

Maintenant tu cours tu cours
parce qu'une fille c'est gentil
parce qu'une fille ça sourit
parce qu'une fille ça obéit
parce que ton père a dit
tu dois prendre un mari
          je l'ai décidé
ah c'est comme ça ? mariage forcé ?
accélère Atalante accélère
seul celui qui te battra à la course pourra t'épouser
          tu l'as décidé
ils ont couru ils ont perdu ils ont tous été vaincus
          les uns après les autres
et toi   tu les as déchiquetés

Tu cours tu cours
sans effort apparent
tes jambes éruptives
ta foulée carnassière
trajectoire de feu
tu cours habitée par la rage de vaincre
de ne laisser personne te dompter
jamais

Mais qu'est-ce qui t'arrive ?
on dirait que ta course ralentit ?
réponds-moi Atalante
tu ralentis ?

oublie cette pomme d'or
qu'il vient de faire rouler à tes pieds
tu t'en moques de son fruit doré
tu n'as jamais aimé ce qui brille
toi la seule fille des Argonautes de Jason
toi qui as grandi avec les élèves du centaure Chiron
toi dont la flèche est la plus habile de tous les chasseurs
toi plus hardie combative et persévérante que tous
les garçons
laisse tomber cet appât de pacotille Atalante !
mais… mais… tu ralentis encore ?
attends… j'ai compris
lui   là-devant   il te plaît
n'est-ce pas ?

Dans ce cas   si c'est ton choix
perdre sera ta victoire

La nuit palpite
en bête fauve

sans redouter
l'aurore

Le fil d'Hélène

Les couleurs chatoient sur la toile pourpre tendue
elle laisse courir la navette
le fil doré se pose sur un bouclier
fait étinceler une lance   un casque   une armure
une touche de blanc sur le panache d'Hector
un soupçon de bleu sur l'épée d'Achille
les corps se mêlent   s'emmêlent   s'affrontent
et partout du rouge éclabousse la tapisserie
        ainsi le veut-elle

Sa quenouille est agile et précise
elle ne tissera ni fleurs ni fruits ni oiseaux
elle n'aime pas les motifs choisis par Andromaque
        c'est la guerre
elle veut la dire encore et encore
cette boucherie qui la déchire
ce massacre dont elle est la cause

Elle ne se taira pas
personne n'empêchera jamais Hélène de parler
elle a besoin de tout dire tout montrer
non elle n'a pas été enlevée contre son gré
non elle n'a pas été violée kidnappée
non elle n'est pas victime d'un rapt
ils racontent ça pour ne pas déshonorer son mari

pour ne pas donner des idées aux autres femmes
pour continuer à la museler
        à les museler toutes

En vérité elle est partie
voilà   partie
elle a choisi sa liberté
s'affranchir de ce vieux mari triste et ennuyeux
        elle en rêvait
vivre avec Ménélas c'était mourir à petit feu
mais comment faire   oser   s'échapper
son père avait décidé pour elle
tous les princes grecs avaient juré
de venir soutenir son mari
si Hélène lui était enlevée
quitter sa prison dorée
        c'était mettre le pays à feu et à sang

Et puis un jour

La quenouille de la plus belle femme du monde
file entre ses doigts
elle tisse un bel homme au teint cuivré
des cheveux aussi noirs que ses yeux
un sourire promesse de nuits étoilées
il est jeune   il est beau   son corps de fauve alangui
ses mains caresses de feu   la brûlure de sa bouche
l'éclatante jouissance

elle le veut
    comme elle n'a jamais rien voulu d'autre
elle le veut dans l'orage passion
le fil d'Hélène court sur la toile
son désir épicé emplit l'espace
elle a tout quitté
sa fille son époux son royaume
elle s'est enfuie avec lui le berger
    qui sentait les figues et les olives
elle savait pourtant
        que des rivières de sang allaient couler
        que les larmes ne la quitteraient plus jamais
        que Pâris n'en valait même pas la peine
elle est partie
parce qu'elle ne pouvait pas faire autrement
on ne met pas les oiseaux en cage

Maintenant elle donne forme au champ de bataille
    cadavres sur cadavres
sa tapisserie douleur avance inexorablement
Hélène ne la détisse pas la nuit
comme sa cousine Pénélope
guettant le retour de son homme
le sien
le berger
le prince de Troie
n'était pas un guerrier
il est mort et ne reviendra pas

les murailles s'embrasent
la toile pourpre s'imbibe de son chagrin
de son remords
          mais pas de son regret

Si c'était à refaire Hélène repartirait

La scandaleuse

Vous dites
que je suis scandaleuse
que mon amour est obscène
je vous choque
tant mieux
mon désir vous éclabousse
c'est lui que vous accusez
          que vous jugez
          pas moi

Je t'ai menti Thésée mon vieux mari
je ne t'ai jamais aimé
je t'ai menti

Je t'ai toujours haï
haï quand tu as pris mon Ariane
ma source
ma flamme
mon âme sœur
haï quand tu l'as trahie
salie avilie
haï d'être si sûr si fier de toi
Tu ne me crois pas ?
tu te demandes pourquoi je t'ai épousé ?
pourquoi je t'ai choisi ?

mais pour lui bien sûr
seulement pour lui

Ton fils seul je voulais
ton fils   sa rousseur de feu   sa douceur de lune
sa pâleur de fauve   sa vigueur d'étalon
l'or de ses yeux   son corps alangui
l'odeur de ses creux   le goût de ses pleins
ses mains sur mes seins
ses doigts au secret
griffer son écorce   lécher sa sueur
peau à peau
souffle   langue   jambes   frisson
Hippolyte ma soif   ma fureur   ma douleur

Ton fils je le regarde
          et tison
ton fils je le frôle
          et fournaise
ton fils
unique objet de ma braise

Mais lui
non
jamais

horreur je lui fais

Alors oui je t'ai menti

Le punir

le vaincre le chasser se venger
le déchiqueter sur les rochers
m'ensevelir à ses côtés

Mais rien ne s'efface
c'est ainsi

Je demeure votre scandaleuse
celle dont le désir
jamais ne mourra

Le meltem
effeuille ta robe

se faufile
sous la couvée des astres

Le malheur d'être belle

Elle a surgi d'une vague
nue et lumineuse
goutte de sang goutte de sperme d'Ouranos
tombée dans la mer

cette lumière   tant de lumière   trop de lumière

sa grâce sa beauté
sa peau dorée son grain velouté
ses yeux ses lèvres ses cheveux ses mains sa taille ses seins
ses fesses
tout est parfait en elle
parfait

Elle inspire le désir
un désir fou irrépressible
        désir d'être elle
                désir d'être en elle
elle n'est que tentation envie jouissance
elle dégrafe sa ceinture
et c'est la chute
        le vertige
        les tourments d'Éros
        les voluptés Thanatos
ces plaisirs   tant de plaisir   trop de plaisir

Elle a soif d'ivresse
s'étourdit de caresses
ne fait aucune promesse

Alors on lui en veut
on la prétend
ensorceleuse
on la dit capricieuse
        on la sait cruelle
                on la juge arrogante
                        on la voit méprisante
on lui reproche sa féminité de pacotille
        c'est vrai elle aime ce qui brille
on l'accuse de toujours séduire
        elle a tant besoin de plaire
on lui parle d'amour
on exige son bonheur

        mais qui connaît son malheur à elle ?

Il était laid boiteux bossu
        difforme et monstrueux

quand Zeus lui a dit
demande-moi ce qui te ferait plaisir
dans un horrible sourire
la plus belle
        c'est elle que je veux

L'affaire est entendue
a répondu le dieu des dieux
sans un regard pour Aphrodite
mariage forcé
destin glacé
        personne ne l'a écoutée

Déesse de la beauté
vaniteuse
        enjôleuse
                ou simplement malheureuse ?

La menteuse

Moi je te crois
ta langue de feu
les ravage tous
les brûle et les dévore
ta langue de glace
engivre leurs remords

Tais-toi
mais tais-toi donc Cassandre
folle que tu es
tes mots de fumier
bouchent nos oreilles
plus sûrement que la cire des abeilles

Tu parles
tu dis ce qu'il ne faut pas dire
tu dis ce que tu sais
tu dis ce que tu vois
tu es ce que tu vis
tu vis ce que tu vois
il faut qu'ils te croient

Ils ne te regardent pas dans les yeux
tu leur fais peur avec tes mots de basalte
tes mots de lave

qui éclaboussent leurs souliers
crachats rouges sur leur demain
bave noire sur leur hier
vas-tu enfin te taire

Tu cries
tu les préviens tu les supplies
tu les implores
tous ces morts tous ces morts
tout ce sang tout ce sang
écoutez-moi vous les vivants
écoutez-moi tant qu'il est temps

Tais-toi
mais tais-toi donc Cassandre
démente que tu es
tu nous agaces
tu nous fatigues
tu nous englues
nous enrages
bouche pourrie
les ordures suintent de tes lèvres

Tu hurles
ce ne sont pas des mensonges
ce sont mes songes
criants de vérité

Ils se fâchent
te bâillonnent
t'emprisonnent
surtout ne pas t'écouter

Tu délires
tu veux prévenir
tout dire
dénoncer
ce que tu as vu et qui est tu
alerter
révéler
te libérer
qui m'écoute ?
qui m'entend ?
personne n'a confiance ?

Si Cassandre
moi je te crois

L'oracle de Pénélope

Ils pensent tous que tu ne reviendras jamais
que tu es mort
ou que tu m'as remplacée

Je connais l'odeur des draps froids
le souffle glacé de la nuit sans toi
depuis tant d'années

Ils me raillent
ou me plaignent
c'est selon

Mais je sais que tu ne m'as pas oubliée
parce que moi
je ne t'oublie pas

On ne dénoue pas les branches du jasmin
mêlées aux lianes de la vigne

On ne défait pas la tresse du destin
le vol des hérons cendrés nous fait signe

L'empreinte
sur le sable mouillé

ne dit pas
où le soleil brille

Eleftheria

Il y a cette trouée de lumière
là-bas
tout au bout du couloir voûté
il y a cette grille
entrouverte
le gardien qui tourne le dos
et puis il y a lui

Kostas est là
Kostas te tend les bras
tu t'y précipites
tu as tellement rêvé prié espéré
qu'il te sorte d'ici
il t'aime il te dit de fuir avec lui
le gardien est son cousin
tout est possible enfin
Rebecca viens avec moi

Un instant   le silence
comme une aile de chauve-souris frôle une joue
            entre brûlure et douceur
aspirer une grande goulée d'air
laisser couler en soi le bonheur
sentir la liberté à portée de mots
à hauteur de main

Eleftheria ! Liberté !
    cette rage sauvage de vivre
se laisser habiter par le fol espoir
puis l'étrangler férocement
d'un revers de mot
sec et sans appel

Non
je ne peux pas les abandonner

Rebecca cesse de te sacrifier
je t'en conjure
choisis de vivre
viens avec moi
ils vont vous embarquer demain
    direction leurs camps

Kostas pleure supplie implore
tu vacilles
la liberté est là
tapie derrière cette grille

Soudain un souffle chaud dans ton cou
le bruit saccadé de centaines de respirations
des gémissements et quelques pleurs aussi
de l'autre côté du couloir
dans la grande salle voûtée
si proches et si loin pourtant

Il y a Abraham, le cordonnier
qui se lamentait
de ne plus trouver de cuir pour les souliers
Solomon le coiffeur
qui passe la main dans tes boucles
comme s'il coiffait la reine de Saba
Esther la couturière
qui a rapiécé tant de fois ta robe de concert
Anna la marchande de légumes
qui n'a plus que quelques poignées de pois chiches
mais t'en offre toujours une mesure supplémentaire
Markos qui a quitté l'école
pour remplacer sa sœur sur la barque du père
Chaïm et Sultana
si âgés qu'à eux deux
ils totalisent presque deux cents ans
Victor le petit cireur de souliers
qui crache pour remplacer le cirage
Elvira et Nina les jumelles
que personne n'a jamais croisées l'une sans l'autre
Mathias le comptable
du grand magasin de confection de monsieur Lévi…

ils sont tous là
et bien d'autres encore

Dans ton dos
les yeux de tous les Juifs de Chania

entassés dans la salle voûtée à quelques mètres de toi
immenses
te fixent dans le noir

Non Kostas
non
je ne peux pas les abandonner

Une fille désobéit

Deux silhouettes dans l'ombre
leurs fronts se touchent
leurs doigts se frôlent
ne pas attirer l'attention des dormeurs
ils se glissent le long des couloirs
se faufilent jusqu'à la salle du trône
à cette heure avancée de la nuit
personne
la grande pièce est déserte
au centre brûle la flamme

Lui s'approche
carrure imposante
dos massif
ses longs cheveux tenus par un jonc ployé
elle le regarde
          frissonne
les lueurs du feu enflamment leurs visages
il est calme très calme
elle lui tend la férule
il se penche glisse une braise dans le creux de la tige
elle devine son sourire
sourit elle aussi
il la regarde
se demande pourquoi elle a revêtu son armure

les reflets du feu embrasent son casque
de quoi de qui a-t-elle peur ?
de son père ou de lui ?
des deux peut-être
          ou bien d'elle-même

Parce qu'elle désobéit
parce qu'elle en a envie
parce qu'elle ne peut pas faire autrement
parce qu'il est temps

Elle sait que c'est interdit
elle sait que le père est en colère
elle sait que le Titan est maudit
elle sait que les hommes sont punis
privés de feu
noir sur la terre
froid de l'hiver
ne peuvent plus cuire leur pain
ne peuvent plus rien

Il a dit
ce sont mes enfants

Sa voix était mouillée

Il a dit
Athéna s'il te plaît

Elle a regardé ses mains
ses mains qui ont pétri la terre noire
modelé
façonné
créé l'homme
ses doigts qui délicatement
l'ont relevé redressé
ont tourné sa tête vers le ciel
elle a vu les larmes dans ses yeux
elle a bien réfléchi
tu as raison Prométhée
on ne peut pas les laisser mourir
il faut agir
il faut désobéir

Elle n'oubliera jamais la douceur de ses paumes
ni la caresse de ses longs cheveux

Voler le feu aux dieux
          briser les tabous
                    forcer le destin
pour sauver les humains
maintenant ils sont deux

Ils ont mis leurs mains en protection
cabane
abri
nid pour la flamme

leurs mains tanières
          sauvent la lumière

Deux silhouettes s'enfuient dans le noir
portant la vie à bout de bras

Caroube

J'aime entendre ton rire
dévaler les ruelles de notre village
galoper à cru sur un cheval fou
courir de talus en bosquets
survoler les champs d'oliviers
et aller se jeter dans la mer
        il m'éclabousse de ta joie

J'aime ton sourire de caroube
craquant et ferme sous la dent
sucré à l'intérieur
coriace à l'extérieur
tu te moques
de ce que l'on peut dire de toi
        tu veux dévorer le monde

J'aime te regarder danser
chanter
        nager
                jouer
                        et puis rire

Tu captes la lumière
et cherches dans les vestiges du passé les traces de demain

Dina tu te rêves
Nausicaa

Elle n'a pas eu peur de l'étranger
hirsute et nu
échoué sur son île
elle ignorait que c'était Ulysse
elle s'est approchée
elle lui a tendu la main
en souriant
et puis elle l'a aimé

Comme elle
tu es
avide d'inconnu
intrépide
passionnée
et tes bras s'arrondissent
pour accueillir
tous les naufragés du monde

Comme elle
tu rêves d'un ailleurs
tu pars
tu es partie

On dit que l'hirondelle revient toujours

Quitter le pays

1

Pourquoi as-tu déserté le nid ?
trop doux   trop chaud   trop mou ?
oui pourquoi es-tu partie ?
qu'es-tu venue chercher à Paris ?

Je te regarde penchée sur mes fautes
ton profil de statue
cette bouche immense
ces yeux sombres qui ne savent que sourire
tu les lèves
ce flot de lumière soudain
toi   si folle   si sage
tellement grecque

J'arrive essoufflée sous la pluie
pour prendre mon cours
comme on agrippe une chaloupe dans la tempête
c'est drôle
tu es là
et le ciel gris s'efface
je cours à nos rendez-vous
ne pas perdre des yeux
le phare dans la tempête

Je veux apprendre
tout comprendre
ton pays que je rêve mien
          oui pourquoi es-tu partie ?

Tu m'apportes la langue
en offrande des dieux
chant de l'amour
chant du partage
beauté du langage
          celui que je choisis
tu m'ouvres la porte de survie
l'as-tu refermée derrière toi ?

Je me nourris de ta présence
j'aime nos discussions
tard le soir sous la lampe
le petit bureau s'emplit
de l'odeur du dictame partagé
déclinaisons et introspections du cœur
tout doucement les aoristes
se font la malle
tandis que nous échangeons
le sel et le sang de la Grèce éternelle

Ces soirs-là
même les pavés glissants de Montmartre
se drapent de bleu et de blanc

Pourquoi as-tu pris une telle place dans ma vie ?
ta voix
ton rire
ton ardeur
tes embrassades
cette façon que tu as d'être présente
bloc de tendresse brute
oui pourquoi toi ?
le mystère de la grâce
les secrets de l'Olympe
et ce je-ne-sais-quoi
entre olivier et jasmin
qui fait vibrer le monde
comme un rucher d'étoiles

Sans doute aussi
ce qu'il y a de plus profondément grec en toi
ce courage d'affronter l'orage en chantant
chez toi le malheur n'est qu'une illusion
tu refuses la colère   la douleur   la rancœur
chez toi le verre n'est pas à moitié plein
toujours il déborde
chez toi le rocher est toujours plus léger
à remonter au sommet de la montagne
et peu importe
s'il redévale en bas
tu cultives la joie comme les herbes folles
envahissent un jardin à jamais sauvage

Maintenant tu as tricoté
ton nid   votre nid
pour lui et pour elle
avec tes pelotes d'amour

Ah Katerina-soleil
ce nid
sais-tu qu'il est celui
de la belle Hellène ?

2

Tu es partie loin
très loin
tu es allée chercher ta voix
tout au nord
terres celtes
cordes bretonnes
musique de tourbe et de bruyère

Tu as fui
famille de plomb
étouffoir de devoirs
et cette nation
dont tu n'entends plus
que le bruit métallique
de tout ce qui grince

Peur de la rouille
peur d'être happée
                avalée
                broyée

Tu t'es sauvée
libérée

Mais quand tu as pincé ta harpe
ton chant a surgi
et c'était
un chant venu de très loin
la voix d'Antigone et d'Ulysse
celle d'Artémis et de Rebecca
celle de Manolis et de Loudovikos

Dans tes paroles
une femme en robe rouge
tournoie dans le soleil
une fiancée sort ruisselante de la mer
une autre se baigne de lune
et la fileuse du temps
enroule le fil de la mémoire
autour de sa quenouille

Dans ta musique
il y a la Grèce d'hier et d'aujourd'hui
enfin réunies

Tu vois Élisa
tout doucement
sans bruit
ton chant t'a ramenée
chez toi

3

Une silhouette sur le quai
les yeux rivés sur l'horizon
là-bas
ce pays de tes parents
ce pays de ton sang
ce pays écorce
si proche et si loin

D'où es-tu ?
ils demandent toujours ça les Grecs
d'où es-tu ?
apo pou issé
et ils ajoutent
pou menis
pou pas
où vis-tu ?
où vas-tu ?
une rafale de questions
toujours les mêmes
signe de leur intérêt pour toi
de leur bienveillance même

Seulement toi
          que leur répondre ?

Je suis d'ici et d'ailleurs
je vis ici et ailleurs
tu restes floue
tu réponds mal
aux questions qui te font mal

Tu dégaines ton appareil
elle est là ta réponse
tu fais parler
les pierres
          les visages
                    les rides
                              les fissures

tu ouvres les portes
tu fermes les maisons
tu vois ce que les autres ne voient pas
tes photos cherchent la faille
la trouvent
toujours
la rendent belle
tu l'apprivoises
tu y puises
la tragédie
          et l'humour de ta vie

Marianne la grecque
à l'éternel exil

Byzantine

Les mots et les notes se mêlent
ballet complexe et virtuose
si on tend l'oreille
on peut voler une expression
au passage
un verbe   une syllabe
emportés dans le grand fleuve
que charrie ta voix

Elle monte
atteint parfois des sommets
fait durer la phrase
puis redescend
elle s'approche d'une mélopée
        celle des nomades du désert
        celle des polyphonies corses
        celle des chants grégoriens

Et pourtant ce n'est pas cela
car on entend ta voix à toi
qui tutoie seule les icônes
les caresse et les encense
        à ta manière à toi
enthousiaste et mystique

Du fond du chœur de l'église
je t'observe
aux prises avec les feuilles volantes
et les micros qui crachotent
tu ne nous regardes pas
tu parles avec Dieu
tes chants byzantins t'élèvent
tu rêves d'ascèse
épurée   allégée
transfigurée par ta ferveur

Mais dans ton ombre Alexandra
derrière l'orthodoxie de tes rites
il y a
encore et encore
l'appel de la forêt
les dryades courent dans ta voix
et déposent sur tes longs cheveux
une couronne d'olivier sauvage

Et coulent les cierges
en robe blanche de vestales

Du foyer

Je suis femme au foyer
ou plutôt non
je suis femme du foyer

J'attise le feu
        le couve
        le nourrit
comme je nourris tous ceux qui vivent
sous mon toit

Je sais l'Olympe n'est pas mon toit
mais un peu si quand même

Je règne sur les réserves
m'assure que personne ne manque de rien
j'aime prendre soin
        dorloter
        chouchouter
je suis celle qui veille
        à l'orée de vos nuits
        à l'aube de vos vies

Mon nom est gravé sur la pierre
pour laver le linge
c'est utile de laver le linge sale en famille

mais j'ai trop frotté frotté frotté
les lettres en sont usées
presque effacées

J'ai choisi le dedans
d'autres préfèrent le dehors
je suis la déesse démodée
celle qu'on a vite fait d'oublier

Qu'importe
l'étranger qui passe ma porte
sait que chez Hestia
son couvert est toujours mis
et qu'un feu de joie l'attend
pour réchauffer ses doigts

Ma petite lune *lambri*

Viens
viens t'asseoir près de moi
tu me hèles
c'est le signal
la cour fume encore de la chaleur du jour
je te rejoins
fin d'une longue journée pour toi
debout dans la chaleur des fourneaux
entre vaisselle grasse
épluchures et friture
beaucoup de monde à la taverne
beaucoup de plats à préparer
ils mangent
ils mangent
tu éclates de rire
en massant tes genoux douloureux
tu me montres les marbrures des veines
tes jambes enflées
il faudra opérer a dit le docteur
il faudrait
plus tard
à la fin de la saison
trop cher

qu'est-ce qu'on y peut ?

Tu pars en boitillant chercher des fruits
déjà tu m'épluches une poire
tiens mange
elle vient du verger
tu te relèves aussitôt
tu cours chercher des noix des gâteaux
tiens mange c'est pour toi
tu grimpes tant bien que mal sur une chaise
pour cueillir la plus belle grappe de ta vigne
et me l'offrir
tiens mange c'est pour toi
combien de milliers de fois
combien de tomates courgettes poivrons patates
combien de *kremes dolmades yemista*
tiens mange c'est pour toi
et des œufs tu en as encore ?
et de l'huile et des figues et des oignons ?
tiens prends pour toi
demain je fais un *pasticcio*
ne prépare rien
tiens c'est pour toi

Un peu de fraîcheur s'invite dans ta cour
on est bien
tranquilles
en paix
les chats s'assoupissent
les coqs se taisent

qu'est-ce que tu as fait à manger à midi ?
qu'est-ce que tu vas faire à manger ce soir ?
tu aimes ici n'est-ce pas ?
tu n'as aucune idée de ma vie ailleurs là-bas
alors tu essaies de l'imaginer
il y a aussi des tomates chez toi ? et des courgettes ?
des chèvres ? et de l'origan ?
toi qui n'as presque jamais quitté ton village
tu veux entendre qu'ici c'est le meilleur endroit du monde
oui *Renaki mou*
c'est bien ici le meilleur endroit du monde

Le manteau de la nuit nous recouvre
on regarde les étoiles
tu te souviens *fengaraki mou lambro*
ma petite lune brillante
la chanson de ton enfance
celle qui invite la lune à veiller sur nous
comme elle veillait sur les enfants
allant secrètement la nuit
à l'école interdite par les Turcs
nous l'avons chantée à tue-tête en nous tenant le bras
chemins creux jambes griffées par les câpriers sauvages
odeurs entêtantes de jasmin et de caroubes
la lampe torche nous guidait plus sûrement que la lune
et ce fou-rire   ce fou-rire
cococo bêbêbê
tu m'apprenais les cris des animaux

dans cette nuit noire
nous avons ri à gorge déployée
nous avons si souvent ri ensemble
nous ignorions que la mort guettait
non loin de ceux dont tu prenais tant de soin

Ton homme d'abord
foudroyé en plein jour
et toi qui pleures toi qui cries toi qui l'appelles
reviens Dimitri
lève-toi Dimitri
ta voisine que tu aimes tant
est venue exprès te voir
sors de ton cercueil Dimitri
prends ton *bastouni*
et va boire ton café comme tous les matins
sa moustache n'a pas frémi
tu étais le coryphée à la pointe de la douleur

Ta mère ensuite
ton père plus tard
je suis *papy-sitter* disais-tu en riant
les médicaments les repas les soins
tes vieux parents comme tes enfants
chacun sur sa chaise à l'ombre
j'ai vu ta petite cour se vider lentement
un par un ils sont partis
Eleni Yannis Dimitris

Le vendredi saint
tu agrippes solidement mon bras
nous allons leur rendre visite ensemble
c'est leur maison maintenant dis-tu
tu verses de l'huile arrosée de larmes dans leur *kandili*
tu as encadré les photos que je t'ai données
ils nous regardent et tu veilles encore sur eux
avec ton énorme tendresse
tes mains inutiles retombent le long de ton corps alourdi

Avant que la procession ne gagne le cimetière
tu m'emmènes là où brillent les bougies les dorures
là où affleurent tes yeux d'enfance
tu aimes les chants
tu aimes les gens
tu aimes regarder les pétales de fleurs tomber du dôme
tu aimes les chandelles l'encens et la myrrhe
tu dis c'est beau
          et moi je dis oui c'est beau
tout le village est là
tu me conduis au milieu d'eux
tu me tends un cierge
comme la lune éclaire nos chemins de nuit
tu m'offres
un peu de paix
lambri ma brillante

Tu m'as appris le mot voisine
et bien d'autres encore
tu articules doucement
tu répètes le mot inconnu
une fois deux fois dix fois
de plus en plus fort
de plus en plus lentement
tu penses qu'ainsi il va infuser s'éclairer
et oui je comprends
je ne parle pas bien ta langue
je te parle toi

Tu ris encore
de ce rire à remonter l'enfance
je te taquine
splitch splatch splitch sploutch
ton premier bain de mer depuis
combien déjà ? vingt ans ?
nous l'avons pris ensemble
tu ne sais pas nager
l'horizon infini le sable doux sous tes pieds
ta casquette vissée sur la tête
tu as agité les bras
et nous nous sommes éclaboussées
comme les deux gamines
que nous n'étions plus
splitch splatch splitch sploutch
la plage est à dix minutes

tu n'as jamais le temps
les autres
toujours s'occuper des autres

Parfois ton regard se perd
tu es là et tu n'es plus là
où es-tu partie mon amie ?
là où rôdent les âmes du passé ?
dans une autre vie ?
de quoi sont faits tes rêves ?

Bien vite tu reviens
tu souris
tu m'appelles *horiatopoula* et tu ris
tiens ressers-toi *la villageoise*
tiens mange c'est pour toi
on t'a apporté un gros sac de nèfles
tu me le tends
tu n'en gardes aucune
prends tout
tu ne possèdes rien ou si peu

Il se fait tard il faut rentrer maintenant
tu prolonges encore l'instant
tu sais que je vais traverser ta cour
puis la ruelle
tu verras la lueur à ma fenêtre
juste en face

tu attendras qu'elle s'éteigne
pour aller dormir
tu veilles sur ma nuit

Paix
tu es Irini
Renaki mou

La femme *paximadi*

Tes pouces s'enfoncent dans la pâte
tes poings s'y engloutissent
je te regarde pétrir malaxer écraser
tes gestes sont précis puissants
millénaires
une force étrange se dégage de tes mains
oui une force et une sérénité
courage et détermination

Tu relèves la tête
me souris
tu ignores à quel point
ta présence apaisante et solaire
        nourrit ma vie

Maintenant tu façonnes la pâte
ferons-nous du *paximadi* ?
j'aime te voir allumer ce four à bois
déclencher un brasier
puis l'éteindre
dès que les briques blanchissent
nettoyer la cendre avec un chiffon humide
saisir la longue pelle
et glisser dans la gueule du four
ces petits pains

ronds et robustes comme tes bras
plus tard tu les ouvriras du tranchant de ton canif
comme on scinde une pêche en deux
et tu les enfourneras à nouveau
dans la cavité chauffée à blanc
ils cuiront toute la nuit
demain matin
tu seras fière de tes croûtons traditionnels
tu sais qu'avant toi
ta mère
celle qui t'a appris
mais aussi la mère de ta mère
et la mère de la mère de ta mère
procédaient exactement de la même manière
et ainsi depuis la nuit des temps

J'aime aussi lorsque tu m'emmènes
cueillir les herbes sauvages dans la montagne
le pied et le regard sûrs
cette façon que tu as de détecter les cachettes
cette façon que tu as de tenir ton couteau
tu sectionnes la plante
tu la connais la reconnais depuis toujours
tu souris comme toujours
la *chorta* sera bonne
ainsi faisaient ta mère
et la mère de ta mère
et la mère de la mère de ta mère

savoir-faire transmis de femme en femme
votre trésor de paix

Mais aujourd'hui pas de *paximadi* ni de *chorta*
la danse de tes doigts joue une autre partition
tout aussi séculaire
tout aussi rituelle
c'est le jour des *skioufichta*

Tu détaches un petit morceau de ta pâte
rouli roula
le voici long serpentin
soudain tu accélères le tempo
tu sectionnes le boudin en petits bouts
et d'une torsion de doigt
tu les entortilles les recroquevilles
clic clac au suivant
je regarde le rythme endiablé de tes mains
les petites spirales de pâtes s'amoncellent dans le plat
à une vitesse prodigieuse
et voilà qu'une montagne de pâtes crétoises
a surgi dans la cuisine
technique de haute voltige
j'ai à peine eu le temps de comprendre
que déjà tu essuies tes mains sur ton tablier
je te vois manier d'immenses marmites
jeter dans l'eau bouillante tes *skioufichta*
tandis que tu t'écorches la peau sur la râpe

l'*anthotyro* doit être coupé fin
mais ce fromage a la dureté de la pierre
tu as l'habitude
tu ne fais pas attention
les invités seront bientôt là
en nombre
comme toujours
ta réputation court les chemins de village en village

Jamais tu ne t'affoles
jamais tu ne perds pied
tu sais exactement quand c'est prêt
et ce qu'il faut ajouter
ligo alati me dis-tu un peu de sel
ligo ladi un peu d'huile
ligo nero un peu d'eau
ligo ligo
combien ? tu souris
regarde *ligo* goûte hume *ligo*
c'est ce qu'on appelle une cheffe une vraie cheffe

Tu ne sais pas ce que tu vaux
mais tu sais ce que tu ne veux plus
j'aime ta liberté
arrachée au fil des jours

J'admire cette façon que tu as
d'occuper deux emplois

parce qu'il le faut bien
tu souris
de t'occuper de ta vieille maman
parce qu'il le faut bien
tu souris
de t'occuper de ton vieux papa
parce qu'il le faut bien
tu souris

ne jamais te plaindre
ni baisser les bras

tout faire pour que tes filles
choisissent leur vie
une autre vie

ah oui c'est vrai
Niki
ça veut dire victoire

Certaines mains savent
sourire

d'autres
ne font que pleurer

La femme cocon

Quand tu écartes les bras d'un geste immense
je ne sais si je vois les ailes d'un moulin
        ou celles d'une mère poule
mais je cours m'y enfouir
        avec bonheur
embrassades colossales vastes comme le monde
on s'y sent à l'aise
au chaud
sous protection
        tu es de celles qui font cocon

Les années passent
tu dis en riant que tu es vieille maintenant
tu dis en grillant ta cigarette
que tu es trop grosse trop fatiguée trop
tu es tellement trop
        que personne ne peut te remplacer
ni auprès de l'enfant qui n'est plus un enfant
depuis longtemps
        qui jamais ne marchera
ni auprès de son père qui n'est plus que père
depuis longtemps
si longtemps
et toi tu gères
comme sa mère comme sa femme

que tu n'es pas et ne seras jamais

seulement voilà
tu ne sais pas faire autrement
tu es un roc de tendresse
un pilier
        tu es de celles qui rassurent
        qui enveloppent
        qui assurent
tu es celle qui aime

fidèle au poste
patience et constance

Tu portes tu laves tu habilles
tu nourris tu consoles tu veilles
l'enfant qui n'est plus un enfant
        qui jamais ne marchera
tu épaules tu soutiens tu aides
tu nourris tu relaies tu secondes
le père qui n'est plus que père
        qui lui aussi vieillit

Tous tes gestes sont amples calmes précis
dans ta cuisine
tu ne laisses aucune chance aux aliments
tu m'inities à la cérémonie de la *pita*
tu attrapes la petite boule de pâte

l'aplatis avec ton fin rouleau
la fais habilement tourner d'un quart
tu recommences encore une fois
puis une autre
tu l'enroules autour du bâton
c'est là que tu déploies tout ton talent
mouvement agile des doigts pour étirer la pâte
coup sec du poignet pour qu'elle se détache du rouleau
et s'étale en un disque souple et fin
que tu glisses dans le moule satisfaite

Ah l'envol gracieux de la galette
je ne quitte pas des yeux ce geste final
qui projette le cercle de pâte en avant
puis le rassemble comme un chiffon
je retiens ma respiration
de peur que l'envol ne se produise pas
        mais jamais tu n'échoues
la feuille de pâte *filo* se déplie souplement
abandonne avec grâce le bâton sur lequel elle s'enroulait
ne reste plus qu'à malaxer les feuilles d'épinard
avec l'œuf et la feta
c'est comme ça qu'on fait depuis toujours
à Ioaninna
quand tu prononces le nom de ta ville natale
tu te redresses fière bien campée
quand tu dis München aussi
on dirait que tu suçotes un bonbon

la ville de tes dix-sept ans
vingt-cinq années en Allemagne
l'enfant qui n'est plus un enfant
n'aime pas quand tu parles la langue de ta première vie
    ta vie sans lui

Fin de soirée il faut rentrer
tu te tiens droite
debout
sur la plate-forme de l'auto
aménagée pour la chaise roulante
de l'enfant qui n'est plus un enfant
tu es derrière lui
les mains posées sur les poignées
elles ne font pas de manières tes mains
ne cherchent pas à se faire applaudir
elles sont là tout simplement
deux petites bêtes chaleureuses
paumes légèrement rugueuses
elles ne sont pas jolies
elles sont de celles qui aident à vivre
et savent éponger les chagrins
tu empoignes le fauteuil roulant
vigie sur pont-levis électrique
tu le pousses fermement à l'intérieur de l'auto
puis comme une reine qui salue son peuple
tu secoues les bracelets de ton poignet
sourire aux lèvres

ton rire rocailleux ricoche
je te regarde Constantina
puissance et constance
solide
tellement solide

Dans le feuillage de l'olivier millénaire
je les devine
les nymphes des bois
celles qui veillent
jusqu'à l'orée du jour

Qui peut dire
ce que murmurent

à la nuit
les cailloux du chemin

Nourrices

Elles sont trois
on les dit sœurs

L'une ployée sur le torrent
lave frotte essore
de grands linges blancs
        qui servent à emmailloter les bébés
son visage se reflète dans le courant
elle observe
l'eau qui court sur les galets
les ricochets d'or à la surface
un crabe d'eau douce blotti sous une pierre
les ondulations d'une algue verte
un insecte qui glisse en patinant
les traces de pas des animaux venus boire
elle écoute
les gouttelettes frappant le rocher
le froissement d'ailes des libellules
le chant des grenouilles amoureuses
elle porte une gorgée d'eau à ses lèvres
odeur fraîche de la mousse et des jacinthes
goût d'herbe et de cailloux
elle sait voir l'invisible
        elle se nomme Antalia

Plus haut dans la montagne
l'autre accroche à un fil des linges mouillés
qui servent à emmailloter les bébés
les tissus claquent au vent
hautes voiles tendues vers l'horizon
des mèches de cheveux s'échappent de son chignon gris
giflent sa peau tannée
elle se baisse
ramasse de petits cailloux doux et ronds
les jette dans un trou d'eau
plisse les yeux
les regarde
courbes méandres ligne droite
geysers siphon éclaboussures
de la trajectoire des galets
naissent des parcours de vie
elle y voit demain
et même après-demain
elle sait lire notre avenir
elle s'appelle Rosanna

Encore plus haut
tout là-haut vers le sommet
la troisième est assise sur un tabouret en pierre
elle plie et replie de grands tissus blancs
qui servent à emmailloter les bébés
ses gestes sont hésitants
elle tremble légèrement

ses bras sont fatigués d'avoir tant porté
ses mains sont usées d'avoir trop caressé
sa voix est cassée d'avoir si souvent chanté
ses rides cartographient l'univers
ses yeux ont tout vu depuis la nuit des temps
elle est la mémoire du monde
    son nom est Pausania

Trois femmes
on les dit sœurs
qui ont langé bercé soigné
de toute éternité

Là-haut
tout là-haut
sur le mont Parnasse
veillent les nourrices des dieux

Comme son foulard rouge
avait glissé

un essaim de boucles
butinait son visage

Rebelle Artémis

C'est la première fois
il faut toujours une première fois

Elle entre
gorge nouée
se retourne
regarde au loin
il est encore temps de s'enfuir
de regagner l'ombre des sous-bois
sa tanière sa vie de sauvageonne
elle ferme un instant les yeux
se souvient
d'une autre première fois

Sa première longue course à travers bois
la poursuite de la biche aux cornes d'or

Elle avait couru couru à perdre haleine
chênes frênes
et puis les pins
des branches giflaient son visage
son cœur battait à tout rompre
son souffle était régulier
ses jambes la portaient presque sans effort
froissement de feuilles

senteurs de résine et de citronnelle
exaltation fièvre passion
et cette envie de crier
impétueuse   irrésistible
une joie sauvage coulait en elle

Ce jour-là
elle cria le rouge des baies d'arbousier
et les aiguilles du sapin bleu
elle cria l'odeur de la mousse
et le chant de l'alouette
elle cria les yeux du lièvre craintif
et le pelage doré des biches
elle cria le vol majestueux de l'aigle
et l'ombre du grand chêne
elle cria les gifles du vent
et le souffle de la liberté
à la pointe de son cri
elle   sentinelle de la nature
pour la première fois
ce jour-là

Et puis il y eut sa bande de filles
Callisto Atalante Polyphonté et toutes les autres
courir chasser folâtrer rire à ne plus pouvoir s'arrêter
explorer les lieux secrets de la forêt
là où les garçons n'ont jamais accès
vivre de nature   vivre de soleil

pétales plumes mousse herbe froissée
et le chant du rossignol au crépuscule
à l'heure où les animaux viennent au torrent
apprivoiser la nuit

Elle avait rêvé que cela ne s'arrête jamais

Mais les dieux s'en étaient mêlés
son père sa belle-mère sa tante
avaient tout gâché
maintenant
ils veulent la faire plier

Elle rouvre les yeux
aspire une grande bouffée d'air
attise le brasier de sa colère
violente poussée
la porte claque
elle est entrée
elle les toise les jauge
les torpille du regard
assis en arc de cercle autour de lui
          son foudre au poing
le grand conseil de famille
tous ces dieux tous ces vieux
qui veulent lui dire comment vivre
                    comment être une fille
lui imposer leur loi leurs vices leurs caprices

non elle ne se laissera pas dompter
écoutez mon cri

Je suis Artémis
j'ai choisi de vivre sans contrainte dans les forêts
je suis entourée de compagnes
qui ont fait le même choix que le mien
nos toilettes nous intéressent moins que courir les bois
au bavardage nous préférons
le silence des grands espaces
nous n'aimons ni les intrigues amoureuses
ni les jeux de séduction
en un mot
nous ne sommes pas au service d'Aphrodite
et pourtant nous sommes toutes des femmes
comme elle
voilà ce que vous n'acceptez pas
vous les dieux de l'Olympe
vous jouez avec la vie des autres
vous séduisez trompez jetez
vous complotez trahissez punissez
les murs de ce palais étincellent
mais vos pierreries ne sont que verroteries
à vos couronnes en toc
je préfère l'or du ver luisant
oubliez-moi
je ne veux plus faire partie de votre famille

Seulement voilà
ça ne se décide pas
on ne les choisit pas
on les subit
on leur résiste
malgré tout
c'est notre clan
        alors on veut qu'il nous accepte
        telle que l'on est

Ce soir-là
Artémis resta au palais de son père
les Muses jouèrent à l'unisson
trompette cor clochettes viole
une grande douceur l'envahit
la déesse de la nature ferma les yeux
un chant montait en elle
le chant des plaines et des montagnes
le chant des ruisseaux et des torrents
le chant des arbres et des bosquets
le chant de la terre et des futaies
impétueux
irrésistible
alors Artémis se mit à chanter

Elle chanta comme on se jette parfois à l'eau
sans être sûr de savoir nager
mais parce qu'on ne peut plus reculer

parce qu'on a quelque chose à accomplir
qui dépasse la peur
sa voix grave s'éleva limpide et chaude
elle portait en elle la vibration des saisons
les trilles des alouettes au printemps
le cri des cigales de l'été
le frémissement des sous-bois en automne
le craquement du manteau d'aiguilles de pin de l'hiver
son chant abritait la pâleur de la lune
et sa douceur aussi
elle chanta la longue errance de Léto
à la recherche d'une terre où s'abriter
et son courage lorsqu'elle mit ses enfants au monde
elle chanta la vaillance de sa mère
et sa solitude aussi

Et puis tout en chantant
Artémis commença à danser
une danse où se mêlaient
lentes ondulations et cascades nerveuses
balancements des bras et virevoltes soudaines
claquements de mains et envolées de talons
tout son corps frémissait comme une houle
chacun restait suspendu à la grâce de ses gestes
la déesse habitée par ce chant et cette danse
ne cessait plus de tournoyer
elle était libre
libre de ses choix

libre de ses mouvements
libre
et jamais personne
plus jamais personne
n'entraverait son corps
ne lui imposerait sa loi
libre
de ses amours de ses engagements
et de ses racines

Longtemps
bien longtemps après
ses pas la conduisirent pour la première fois
là où elle devait aller
là où l'attendait son double
Britomartis la Crétoise

Un village de pêcheurs une crique une fête sur la plage
luth cithare flûte et tambourin
une jeune fille bandeau rouge noué sur sa chevelure
chante et danse
sa voix puissante et grave porte
la fierté de son peuple
la beauté de son île
la chaleur de l'été
ici la musique est terre d'hospitalité
et de résistance
les pieds de la jeune femme

dessinent sur le sable
des pas mystérieux et envoûtants
traces de feu et de joie

Artémis la regarde et se souvient
des paroles du vieux centaure
l'homme a deux pieds
parce qu'en réalité il a deux racines
la première s'enfonce
profondément dans le sol où il est né
rien ne peut jamais la déraciner
l'autre se fixe là où il a choisi de vivre
plus lente à se faufiler dans la terre
elle peut s'accrocher à jamais elle aussi
et il a deux bras pour les tendre vers les étoiles
qu'il verra partout où il sera
tant qu'il sera vivant

Sa première racine à elle
était accrochée sur l'île de Délos
elle avait planté à jamais sa deuxième racine
sur les flancs du mont Pélion
mais ce soir   sur cette plage
à l'ombre de ces montagnes
une troisième racine vient de lui pousser
une racine fichée pour toujours en terre crétoise
Artémis se lève lentement
et se met elle aussi à danser sous les étoiles

Comme une évidence

Je t'ai trouvé
comme une évidence

Ou plutôt non
je t'ai retrouvé
j'ai tant rêvé de tes golfes profonds
tes forêts touffues moussues
tes broussailles tes murailles
j'ai tant espéré grimper tes pentes escarpées
dévaler tes torrents
cueillir tes galets
boire ton soleil

autrefois déjà
je te voulais tout à moi
j'ai toujours su que tu étais pour moi

j'aimais tes pas de titan
à chavirer la lune
j'aimais tes méandres
tes silences
et ce poème caresse en toi
éclosion du frisson

je voulais me perdre dans ton labyrinthe

je t'ai tendu le fil
tu l'as laissé se dénouer

Tu es là
comme une évidence
plus haut que mon rêve

plus fort plus feu
terre sèche fissures
chênes impénétrables
oliviers sacrés nymphes sauvages
terre de colère et de soif
au foulard noir de la révolte
aux paumes ouvertes griffées d'épines
tête haute et gestes rares
mots d'amour et de mort

une main qui se tend
        pleine toujours pleine
        tu es offrande
un sourire qui fleurit
        plissé souvent plissé
        tu es joie
un regard qui scrute
        vif si vif
        tu es présence

une jambe qui s'élance
	rapide si rapide
	tu es danse
	virevolte
	pirouette
	et sarabande

aujourd'hui
je me nourris de ta lumière
je bois ton ombre
je respire ton ciel
je m'enracine en toi
chaque pouce de terre gagné
me relie à toi

lichen à son roc
liane à son tronc
langue à son palais

ni gorgones ni sirènes
pour endiguer mon désir
notre désir
tempo *s'agapo*
tu frissonnes en moi
tu m'accueilles en toi
mon cri ricoche aux parois de tes gorges

je ne t'ai pas approché une fois
sans que
puis le geyser

tu es mon *eleftheria*
ma liberté
mon il
mon île

Table

De la même autrice

Poésie

Immenses sont leurs ailes, images de Nathalie Novi, Éditions Bruno Doucey, coll. Poés'histoires, 2021.
Berceuses et balladines jazz, livre-CD avec Ceilin Poggi, Thierry Eliez et llya Green, Didier Jeunesse, 2017.
Nuit d'encre et de sang, livre d'artiste avec des œuvres de Robert Lobet, Éditions de la Margeride, 2017.
Et soudain cela vient, livre d'artiste avec des œuvres de Robert Lobet, Éditions de la Margeride, 2014.

Essai

L'Odyssée des femmes, L'Iconoclaste, 2023.

Fiction

Tosca, Emmanuelle Collas, 2024.
La Grève, Le Calicot, 2024 ; première édition Le Seuil, 2008.
Eleftheria, Emmanuelle Collas, 2022 et J'ai lu, 2024.
Le Feuilleton des jeux d'Olympie, illustrations d'Olivier Balez, Bayard, 2024.
Le Feuilleton de Tsippora, un récit biblique en cent épisodes, illustrations de Joëlle Jolivet, Bayard, 2023.
Le Feuilleton d'Artémis, la mythologie grecque en cent épisodes, illustrations d'Olivia Sautreuil, Bayard, 2019.
Joan Baez : Non à l'injustice, Actes Sud Jeunesse, coll. Ceux qui ont dit non, 2019.

Gustave Courbet : Non au conformisme, avec Bruno Doucey, Maria Poblete, Elsa Solal, Actes Sud Jeunesse, coll. Ceux qui ont dit non, 2019.

Jacques Prévert : Non à l'ordre établi, Actes Sud Jeunesse, coll. Ceux qui ont dit non, 2018.

Le Feuilleton d'Ulysse : la mythologie grecque en cent épisodes, illustrations de Sébastien Thibault, Bayard, 2015.

Émile Zola : Non à l'erreur judiciaire, Actes Sud Jeunesse, coll. Ceux qui ont dit non, 2011, rééd. 2015.

La maîtresse a pleuré trois fois, Thierry Magnier, coll. Petite poche, 2010.

Le Feuilleton de Thésée : la mythologie grecque en cent épisodes, illustrations de Rémi Saillard, Bayard, 2010.

Victor Hugo : Non à la peine de mort, Actes Sud Jeunesse, coll. Ceux qui ont dit non, 2008, rééd. 2015.

Le Feuilleton d'Hermès : la mythologie grecque en cent épisodes, illustrations de Jean-Manuel Duvivier, Bayard, 2006.

L'Expulsion, Thierry Magnier, coll. Petite poche, 2006, rééd. 2017.

J'attends maman, Thierry Magnier, coll. Petite poche, 2003, rééd. 2016.

Roman graphique

Joan Baez dit non à l'injustice, avec Jeanne Detallante, Actes Sud, 2024.

Victor Hugo dit non à la peine de mort, avec Sébastien Vassant, Actes Sud, 2020.

Cet ouvrage
a été achevé d'imprimer
en décembre 2024
sous le regard impénétrable d'Artémis
en terre crétoise
pour le compte de Bruno Doucey
poète, éditeur de poètes
sur les presses
de l'imprimerie Factory B & M

Conception graphique
Dans les villes, Strasbourg

///

Dépôt légal : avril 2025

///

Imprimé en Espagne

Cet ouvrage est imprimé, pour l'intérieur,
sur papier Munken Print Cream 80 g des papeteries Arctic Paper,
dont les usines ont obtenu la certification environnementale ISO 14 001
et opèrent conformément aux normes ECF et EMAS.